editora Urutau

rua do cajú, 478,
jardim das cerejeiras
06724-015
cotia-sp (brasil)

rua manuel pacheco nobre, 128 - 5º esquerdo
2830-080
barreiro (setúbal)
portugal

[+351] 928053619 [portugal]
[+55] 11 95608 8983 [brasil]

www.editoraurutau.com.br
contato@editoraurutau.com.br

[EDITORA]
debora ribeiro rendelli
[REVISÃO]
juliana palermo
[PROJETO GRÁFICO]
wladimir vaz
[COORDENAÇÃO GRÁFICA]
tiago fabris rendelli
[DIAGRAMAÇÃO]
victor h. azevedo
[CAPA]
victor h. azevedo, sobre fotografia de shingi rice

dados internacionais de catalogação na publicação (CIP) de acordo com ISBD

Mayra, Lícia
M474v Vingança é um prato que se come com Chandon / Lícia Mayra. - Cotia : Urutau, 2023. 88 p. ; 13cm x 19cm.

ISBN: 978-65-5900-613-7

1. Literatura brasileira. I. Título.

CDD 869.8992
2023-3483 CDU 821.134.3(81)

Elaborado por Odilio Hilario Moreira Junior - CRB-8/9949

VINGANÇA É UM PRATO QUE SE COME COM CHANDON

LÍCIA MAYRA

[primeira edição]

URUTAU

novembro de 2023

sumário

nós é que somos responsáveis pelos nossos próprios orgasmos.
VANESSA TEODORO TRAJANO

A VIRADA

A menina chega ao consultório com cara de choro. A mãe explica: a filha anda com comportamentos inadequados. Raspou os pelos. Lá de baixo. Todos. Sim, ela já tem.

— A senhora acha isso normal, doutora? Uma menina de dez anos?

A psicóloga pede para falar com a garota a sós. Sem a mãe, a menina se encolhe ainda mais, agarrando a si mesma num abraço apertado. Nada que a doutora não tenha visto nesses mais de quinze anos de profissão. Pergunta seu nome, entrega lápis e brinquedos, logo ela está mais à vontade. O tempo passa com perguntas amenas, até que é chegada a hora:

— Então, querida, por que você tirou os pelinhos lá de baixo? Você não gosta deles?

A menina estaca, tomada do mais puro terror. A doutora fica alerta. Seria um caso de abuso? Infelizmente, já se deparou com alguns assim.

— E então? — pergunta, a voz mansa, dando espaço para ela falar.

— Eu não quero ser moça, doutora! — ela expulsa as palavras.

— Por que não? Quem disse que você é moça?

— Eu não sou moça! — ela responde, veemente. — Mas a minha tia disse que logo eu vou virar mocinha, e eu não quero. Por isso cortei tudo. Ó, — levanta os braços — não tem mais nenhum!

A doutora franze o cenho, um pouco mais aliviada. Seria então um caso de estranheza à puberdade? Segue com as perguntas. No início, a garota não quer falar. Mas então desata, tirando um turbilhão de emoções mal embaladas de dentro do peito.

A família é repleta de mulheres. Tem meia dúzia de primas quase da mesma idade, com quem a menina brinca nos almoços na casa da avó, correndo e gritando pelos cômodos. As outras, mais velhas, ficam sentadas no sofá, com cara de entojo. As tias-avós, detentoras de renomada sabedoria, analisam as sobrinhas.

— Essa daí daqui a pouco vai virar moça — sentenciavam, olhando a dita cuja de cima a baixo. — Conheço!

Era dito e feito: poucos meses depois, a prima deixava de correr pela casa para ficar sentada com as outras, carrancuda. Quando alguma inventava de voltar aos velhos hábitos, as tias repreendiam: que deixasse dessas manias, afinal, já era uma moça.

Era como uma maldição. As tias espreitavam, o tempo todo à procura da próxima que faria a virada. Abanavam-se após o almoço, bebericando o café trazido pelas sobrinhas mais velhas com adoçante e má vontade.

— Essas meninas estão virando moças cada vez mais cedo — falavam.

— Cada dia mais precoces — acusavam.

— No meu tempo não era assim — batiam o martelo, colocando coroas de culpa na juventude das sobrinhas.

A menina tinha medo. Não queria virar moça. E pior do que virar moça era deixar de ser moça.

— Essa daí não é mais — as tias falavam, o rosto torto de reprovação. — Conheço!

— Hoje elas deixam de ser moças cada vez mais cedo.

— Cada dia mais pra frente, um absurdo!

— No meu tempo não era assim.

Uma delas batia nas coxas, ameaçadora: conhecia só pelo caminhado. E punha-se na calçada, refestelada na cadeira de espaguete, os olhos argutos: essa ainda é, essa não é mais. Erguia o dedo para as sobrinhas sentadas no sofá: ai delas se descobrisse que não eram mais moças! Elas se encolhiam, cabisbaixas, as pernas pressionadas uma contra a outra.

A menina se espantava: como a tia sabia? Acompanhava o andar das jovens, o alcançar dos pés no chão, a abertura das pernas, o leve balançar dos quadris: qual era a diferença? Moças e não moças, todas atravessavam a rua e chegavam do outro lado da calçada.

Ela não entendia: como é possível virar moça assim, de um dia para o outro, sem mais nem menos, e, no mesmo piscar de olhos, deixar de ser? E quem deixa de ser moça vira o quê? Uma perdida, era a resposta das tias. A menina não queria se perder. Queria continuar brincando com as primas, e correr pela casa, e sentar no chão, feito índia, sem ficar com as coxas assadas de tanto apertá-las, bem fechadinhas.

Qual não foi seu desespero, então, quando uma das tias, a que conhecia as não moças pelo caminhado, chamou-a a um canto e mandou levantar os braços.

— Vê? — apontou para as outras. — Já tem pelo no sovaco. Deve ter embaixo também. — Esticou a mão para o cós do short, mas a menina se afastou. — Ora essa, está escondendo o quê?

A menina pediu ajuda para a mãe, mas ela estava paralisada, aterrada pela culpa. A tia sentenciou, com triunfante malícia:

— A sua filha vai já virar moça. E só tem dez anos! — Abanou-se, com desdém. — Cada vez mais cedo.

A menina já tinha reparado nesses pelinhos. Eles apareceram de repente. Mostrou à mãe: ela disse que era assim mesmo. Mas, quando a tia falou, manteve-se calada. O medo tomou conta da garota: se virasse moça, logo deixaria de ser, e se tornaria uma perdida.

Ela não podia permitir isso. Pegou a gilete da mãe. Já a tinha visto usá-la nas pernas. O pai também usava, no rosto. Arrancou todos os malditos pelos e, se nascessem, rasparia de novo.

— Eu não vou ser moça — a menina finaliza, resoluta.

A psicóloga suspira, uma angústia pesando por dentro. Ainda pensa em dizer que não tem problema virar mocinha, mas seria maldade mentir tão deliberadamente.

CIRCUIT BREAKER

Ligo para Lídia, desmarcando nosso compromisso.

— Surgiu um imprevisto.

— Sei... Vai se encontrar com Gustavo de novo?

Dou um sorriso sacana. Minhas amigas não entendem por que continuo saindo com ele. Gustavo é economista formado na PUC, com mestrado pela Chicago University. Trader, ferrenho defensor do livre mercado e da meritocracia, acha que as universidades públicas brasileiras se tornaram um reduto de doutrinação comunista. Foi exatamente o que ele me disse no nosso primeiro encontro, logo após me dar boa noite.

— O que você viu nesse cara, afinal?

Eu poderia citar os bíceps contraídos nas flexões, a língua lambendo o suor dos lábios, ou o jeito decidido, porém delicado, com que ele arreganhou um bago de laranja após o treino, mas nada disso satisfaria a minha amiga. Com tanto homem malhando na avenida Paulista naquele dia, por que logo ele?

Sei lá. Só sei que ele ficou louco pela lótus que achou nas minhas costas. Começou um papo sobre perseverança que quase me fez broxar. Sorte a dele estar recém-barbeado, ainda exalando o cheiro da espuma, e eu com o estrogênio no talo, senão o teria deixado falando namastê para os espelhos no teto.

— Sabia que as sementes dela podem passar até cinco mil anos sem água, só esperando a oportunidade certa para germinar?

Não disse a ele que a lótus é, na verdade, uma vitória-régia. Sabendo onde fica o clítoris, pouco me importa que não saiba diferenciar as *Nymphaea*.

— Sabia. Eu sou bióloga.

Ele ainda conseguiu me dar três orgasmos naquela noite, nem sei como. Assim como também não entendo como conseguiu, no encontro seguinte, enfiar flor de lótus, meritocracia e teoria da evolução na mesma sequência.

— Ao invés de ficar reclamando, a lótus se adapta. Por maiores que sejam as adversidades, ela floresce. A flor nasce do lodo, Geovana, do lodo! Você sabe como é isso?

— Eu sei, Gustavo. Sou doutoranda em Botânica.

— Deveríamos aprender com ela. Hoje em dia as pessoas são muito vitimistas, cheias de mimimi. Estão sempre procurando alguém para culpar pelos próprios fracassos.

— Jura? — perguntei em cima dele, girando nos dedos uma algema de pelúcia.

— Jeff Bezos, Bill Gates, Elon Musk... Você acha que esses caras perderam tempo culpando o governo? Pedindo bolsas? Auxílios?

— Eu acho que você devia me chupar.

— O sucesso exige sacrifícios. Trabalho duro. Paciência.

Paciência preciso eu pra aguentar esse papo todo por uma boa foda, pensei. Mas não disse nada. Assim como não contei que só entrei na universidade graças às cotas, nem que comi a xenofobia que o diabo amassou quando vim do Piauí para essa selva de prédios, muito menos que votei no Haddad em 2018.

Gustavo vive no mundo dos números, dos indicadores econômicos, da mão invisível do mercado. Jamais enfrentou fila na Caixa Econômica com o cartão amarelo e verde nas mãos, nunca teve que abandonar as compras no caixa do supermercado e com certeza não precisa mandar parte da bolsa de doutorado para a família no interior. Para ele, os bilionários são heróis por gerarem emprego e renda, enquanto os vinténs depositados na Capes são gasto sem retorno.

— É a seleção natural, só os melhores sobrevivem — ele concluiu, triunfante. Só se esqueceu de mencionar que é mais fácil se adaptar na Faria Lima do que no Helipa.

Eu não caibo na sua lógica de Estado mínimo e liberalismo econômico. Ainda assim, já vamos para quase um mês de tour pelos motéis de São Paulo. Cansada de ouvi-lo falar sobre reformas administrativas e privatizações, flor de lótus e trabalhe enquanto eles dormem, inventei uma fantasia: transar enquanto ele opera na bolsa de valores. O cara ficou perdido. Gaguejou, até amoleceu. Pediu um tempo para pensar. Hoje me liga, aceitou.

— Um bom investidor deve estar disposto a correr riscos.

O apartamento dele é um luxo. Se eu tivesse um quarto desse tamanho, também estaria pouco me fodendo para os programas assistenciais. Com o notebook ligado, ele fala de análise gráfica, candles, suporte e resistência...

— Não, gatinho — interrompo. — Hoje quem dá as ordens sou eu!

Ele esboça um protesto, mas já está rendido. Cola o rosto no meu cangote, o espinhaço todo arrepiado.

Com o home broker às minhas costas, sento em Gustavo no ritmo dos cliques no mouse.

— Compra! Vende!

Ele reclama, já está no negativo.

— Não para! Eu vou gozar.

Dou uma piscada certeira, e ele torna a clicar, mais rápido, mais forte, mais alucinado.

Lídia diz que não tem lógica esse meu lance com ele. Ela está acostumada a buscar relações de causa e efeito, problemas e hipóteses. Mas na vida há peripécias que o método científico é incapaz de explicar. Só sei que Gustavo não tira a mão do mouse e a boca do meu peito, e o suor escorre pela minha vitória-régia. Amanhã eu me viro para esconder a marca desse chupão no pescoço. Por enquanto, só quero a cara dele assim vermelha, os gemidos misturados com *Porra, Geovana, vou perder tudo*, e os números piscando no monitor.

— Vai, Gustavo, vende!

Hoje nem a CVM me segura. A minha sentada vai dar circuit breaker.

A ESCRITORA

Bonita ela não é. Exceto pelos olhos — grandes e curiosos, prontos para engolir o mundo —, bonita ela não é.

Mesmo assim, quero beijar sua boca.

Nunca beijei mulher. Gosto de homem, só namoro com homem — inclusive, meu namorado está bem aqui, sentado do outro lado da mesa. Uma certeza inabalável que me acompanha desde a primeira paixão platônica. Até ela aparecer na minha vida.

Ela ri e suga o drink, deixando a marca de batom no canudinho. É a primeira vez que ela me vê assim, tão desinibida, tão íntima. Já eu, conheço-a há semanas.

Encontrei seu primeiro texto entre as páginas de um livro de Metodologia da biblioteca. Quebrando o tédio do método científico, ela ardia no pequeno papel azul. Teria esquecido? As iniciais no canto inferior da folha, grossas, seguras, escritas com especial esmero, me deram a resposta: deixara-o ali de propósito. Queria ser lida. Eu a li. Suas palavras queimaram a minha pele por dias.

O segundo texto estava num livro de Sociologia. Não no famosinho Karl Marx, mas num maçante Max Weber. Dessa vez, não me contive, tirei o papel do livro e o guardei comigo.

Levei-o para ler em casa, no chão do banheiro, enquanto roçava na toalha molhada, tentando não fazer barulho. Não queria acordar os outros pensionistas.

Os papéis azuis não deixaram de aparecer nos livros da biblioteca. Sempre escondidos nos volumes mais chatos, menos procurados. Ela queria e não queria ser encontrada. A inicial, V. N., me atiçava.

Depois do décimo bilhete, eu não aguentava mais o tesão. Meu namorado estranhou. O namoro, tão morno nos últimos tempos, parecia ter voltado aos primeiros dias. Mas ele não me bastava. Eu precisava conhecer a dona daqueles desejos. Mulher, ela era mulher, eu tinha certeza. Só uma mulher poderia descortinar o desejo feminino daquele jeito.

Foi aí que me toquei. Quase ninguém se interessava por aqueles livros. Pedi à bibliotecária um extrato dos empréstimos e logo descobri o nome por trás das iniciais.

Vanessa Nascimento, Contabilidade, nono período. Foi fácil descobrir o horário das aulas. Então começaram os esbarrões no corredor, os encontros na parada de ônibus, a inscrição para o mesmo seminário. Todas essas pequenas coincidências forjadas nos levaram a este bar, a esta mesa, à marca do batom dela no canudinho bicolor.

Os olhos enormes se movem, habilidosos e penetrantes. Eu amo esse olhar nos papéis azuis. Talvez ela tenha notado o sumiço dos textos nos livros. Só não sabe que fui eu quem a encontrou. Não sabe que eu a levei para a cama incontáveis vezes, onde terminei ofegante, molhada. Ela ri das minhas piadas. Se soubesse que eu a leio, ainda riria?

Não sei como vamos acabar essa noite, nós três. Já estamos para lá de bêbados, e eu comecei a falar putaria. Meu namorado toca meus joelhos por baixo da mesa. Ela esconde o riso com a mão, enquanto os olhos observam tudo.

Esses olhos.

Bonita ela não é.

Está além da beleza.

E eu vou morrer se não beijar essa boca.

O CORPO PERFEITO

Tranca a porta da cabine. *Senta*, ordena. Desafivela o cinto dele, desabotoa o jeans. Encontra-o meio mole. Ele se desculpa, está nervoso. Esses metidos a garanhão são os piores. Ela bate uma enquanto dá um jeito de tirar a própria roupa. Quando está pronto, ela senta. Ele quer bater na bunda. *Tá louco? Vão ouvir*. Do outro lado da porta, um grupo entra no banheiro, a comentar os pênaltis da aula de Educação Física. Não demora muito, logo ele anuncia que vai gozar. Ela levanta a calça, verifica se foram embora e sai, sem olhar para trás.

Em casa, despe-se em frente ao espelho. Apalpa as formas, examina as curvas. Nada. Roberto foi o terceiro só essa semana, e ainda é quarta-feira. No início, era bom, ela gostava. Agora está ficando cansativo. E arriscado, outro dia um gozou dentro, teve que ir correndo comprar a pílula do dia seguinte. As notas caíram, e a mãe ameaça o tempo todo proibir as suas saídas. Os professores estão desconfiados, *O que você tanto faz no banheiro, Raynara?*

Passa a mão pelos seios mirrados, pela cintura quadrada. Pega a fita métrica, mede o bumbum. São as mesmas medidas da semana passada. Quanto tempo mais demoraria para fazer efeito?

Com a Catarina, foram só dois meses. Depois das férias do nono ano, ela voltou diferente. Todo mundo notou os quadris mais largos, as coxas roliças, os peitos enormes. Raynara tirou a prova na aula de Educação Física: eram dela mesmo, o sutiã não tinha enchimento. Catarina, a Olívia Palito, a tábua de passar roupa, agora é um mulherão.

Ela jura que é virgem. Mentira! Ninguém ganha corpo assim de uma hora pra outra. Só quando começa a dar. Todo mundo sabe disso, é o que as meninas falam à boca miúda nos corredores. Quanto mais senta, maior a bunda fica.

Mas Catarina deve dar pra alguém de fora. Os garotos da escola passam o dia no pé dela, fazendo propostas, tentando passar a mão. Ela chora. Tem usado roupas cada vez mais largas, não tira o casaco nem nos dias mais quentes.

Trouxa! Enquanto isso, Raynara segue na luta. Os boatos sobre ela estão se espalhando. Dizem que ela é fácil, que dá pra todo mundo. Um dia, sentando em Daniel no banheiro masculino, leu seu nome escrito na parede: lista dos que já comeram Raynara.

Que se foda. Podem falar o que quiserem, desde que Tiago não saiba, e ele não vai saber. Não estuda nessa escola. Trabalha na clínica veterinária perto de sua casa, faz faculdade. Não é como os bobões do primeiro ano, sabe conversar. Mas não repara em Raynara a não ser como a menina do vira-lata caolho. Não importa o quanto ela se faça notar, seja cobrindo-o de elogios, seja se roçando nele ao se abraçarem. Claro, com esse corpo franzino. Ele nunca vai vê-la como uma mulher enquanto ela não tiver o corpo de uma.

Hoje à tarde, vai se encontrar com Pedro na casa dele. Ele disse que vai lhe apresentar um amigo. Ótimo! Com dois de uma vez pode ser que surta efeito mais rápido. Diz para a mãe que vai estudar com uma amiga, embora não tenha nenhuma. Todas lhe abandonaram, não queriam se queimar andando com Raynara. Que se fodam. Quem se importa com elas, se pode ter Tiago? Guarda a fita métrica, veste as roupas. Não vai parar enquanto não ganhar o corpo perfeito.

INVENTÁRIO DE PRAZERES

Comer quando se está roncando de fome. Beber água ao acordar com os lábios grudados de tão secos. Cagar em casa depois de segurar por oito horas de expediente, mais duas de trânsito. Dormir o sono incontrolável que vem durante a parte mais importante da aula. Eu poderia passar horas listando essas e outras coisas que me enchem do mais absoluto prazer. Nenhuma delas inclui transar.

Veja bem, eu até curto uns beijinhos, ficar abraçado, dormir de conchinha. E só. Meter está fora de cogitação. Muito invasivo. Detesto o volume, a sensação de ficar entupida com aquela geringonça. O vai e vem me dá náuseas. E isso para não falar dos acompanhamentos: o suor de outro ser humano se enfrestrando entre as dobras dos meus braços e pernas, pelos friccionando minha pele, lábios urgentes que não conseguem alcançar os meus por causa do movimento dos quadris e acabam babando meu queixo todo. Se o homem vai por cima, o peso me sufoca; se vai por baixo, logo me doem as coxas. De quatro eu não fico nem que me paguem. É um perigo, o furico fica ali exposto, totalmente vulnerável a uma dedada. Deus me defenda! Essa vista privilegiada só mamãe teve, quando passava talquinho e pomadinha, e vai morrer com ela, se o bom Jesus misericordioso quiser. Um dos grandes temores da minha vida, aliás, é ficar tão constipada a ponto de precisar operar e ter que mostrar o fiofó para inspeção médica. Já vi uns relatos assim na Internet, por isso como muitas fibras, mamão e aveia não faltam na minha despensa. Ok, ok, nada de medos, hoje você só quer falar de prazer.

Pois bem, como eu ia dizendo, não gosto de nada aqui dentro de mim. Até pensei que não gostasse de homem, então tentei mulher. Foi pior. A pindola pelo menos fica toda à mostra, logo a gente vê se foi lavada, se tem verruga ou fimose. Xinim não. Como vou saber se a bonita não está com candidíase ou com aquele escape chato de final de menstruação, que só aparece quando a gente tira o absorvente? Não me leve a mal, doutor, menstruar é lindo, ciclar é poderoso, ok, ok, mas sangue eu só tolero o meu! Camisinha feminina? Ah, fala sério, você já viu uma dessas na farmácia? É lenda.

Olha, mas eu também não sou assim tão estranha. De gozar eu gosto. Tenho umas toalhinhas específicas pra esse momento, só molhar um pouquinho, botar no meio das coxas e esfregar, esfregar, até vir aquela onda boa. Agora, sendo bem sincera? Acho que o orgasmo é superestimado. É bom? É. Mas nem de longe é um dos maiores prazeres da vida. Está ali mais ou menos em 16º lugar, abaixo de tirar um fiapo de carne do dente e acima de morder bocal de caneta. Uma pena que meus namorados, todos, sem exceção, pensem o contrário. Eles dizem que é da natureza masculina, eu digo que é influência da indústria pornográfica. O doutor sabe como o ser humano é sugestionável, não é muito difícil implantar verdades absolutas nos nossos cérebros.

Bom, diante de tudo isso, você deve imaginar o meu sofrimento pra namorar. E, sim, eu quero ter um relacionamento, gosto da parceria, da intimidade, de caminhar junto... Quando chega a hora de tirar a roupa e transpirar pelado, aí não, não dá pra mim. Por isso arrumei uma estratégia... peculiar, eu diria. A dra. Vanessa deve ter comentado. Inventei que fui abusada na infância, um amigo do primo do meu pai, coisa tristíssima, um trauma pra vida inteira. Funciona super, eles ficam com medo, principalmente quando começam a enfiar a mão na calcinha e eu digo que era assim mesmo que o tal tio fazia. Na hora amolecem e não querem mais continuar, alguns até pedem desculpa. A dra. Vanessa não gostou nadinha. Disse que eu estava brincando com coisa séria. Ora, pior do que mentir é transar contra a vontade. Isso também não é abuso? Então!

O chato é lidar com a culpa. Influência das revistas femininas, está arraigada no subconsciente, você sabe como é. O cara lá morrendo de tesão, e eu sem poder satisfazer. Meu ex adotou uma solução fantástica: começou a me trair. Eu descobri logo na primeira moça. Um tapado, meu Deus, não sabia esconder nada, nem o histórico de mensagens apagava. Fiz que não sabia até o nosso último dia juntos. Era ótimo, ele matava a tara e não me atormentava. Assim eu podia me dedicar a coisas mais prazerosas, como enfiar o cotonete no ouvido até arrancar toda a cera. O fato de eu me fingir de burra era um tempero a mais, a adrenalina de fazer escondido era afrodisíaca. Melhorou o humor dele, até a aparência, a pele ganhou mais cor. Eu amava aquele nosso acordo implícito. Terminamos por outros motivos, não vem ao caso. Já o atual não tem essa mesma iniciativa. Morre de medo da culpa, imagine trair a namorada traumatizada só porque ela não quer transar! Sinceramente? A ética às vezes é muito desnecessária.

A dra. Vanessa disse que meu caso é complexo. Acho que ela queria dizer perdido, mas o CRM não permite. De qualquer forma, dormir sob o efeito de tarja preta está em sétimo lugar na minha lista. Pode colocar logo o de vinte miligramas. A dra. Vanessa receitava esse. Receitava, sim. Obrigada, doutor. Nos vemos na próxima sessão para falar das fobias?

SÓ UM BEIJO, AMIGA

— Vem, só um selinho! — Fabiana me pede, fazendo bico.

— Isso, gata, dá um selinho nela! — o loiro incentiva.

Eu bem que queria ficar em casa. Mas Fabiana me convenceu de que a calourada do centro de tecnologia seria o máximo, com o bônus de estar cheia de futuros engenheiros. Além disso, o Oscar postou uma foto com a nova namorada nos stories, e eu não queria ficar por baixo.

— Não sei não, Fabi...

— Vem! Olha, vou até passar mais batom. Tem gosto de morango.

— Hum, delícia, adoro morango! — a xerox de DiCaprio jovem complementa.

Não sei o nome dele. É um gato, tesão total. Não é à toa que Fabi ficou caidinha por ele.

Ela passa o produto, deixando os lábios avermelhados, da mesma cor dos meus. Combinamos as roupas: cropped e short desfiado, mostrando de leve a popa da bunda. Chapinha impecável, delineador nos olhos e lip-tint na boca, igual a dezenas de outras mulheres aqui.

Apesar da farta concorrência, o gostosão gamou na Fabi. Na gente, pra ser mais exata. Entre um shot e outro, confessou que adora ver mulher se pegando. E Fabiana tá doida pra meter a língua na garganta dele. Por isso tá me pedindo um beijo.

— Pronto, amiga, vem!

— Mas, Fabi... Você sabe que eu gosto é de homem!

— E daí? Toda mulher é meio lésbica, meio bi.

— É, gata, pra que se prender a padrões? — o cara diz, com aquela voz meio rouca de molhar calcinha. — Século XXI, se liberta!

— Não, não, não! Eu sou hétero! — me viro para Fabi. — E, até onde eu sei, você também é.

— Sim, mas o que tem dar um selinho? Katy Perry já dizia — ela começa a cantar, desafinada e bêbada: — *Us girls, we are so magical, soft skin, red lips, so kissable!* — oferece os lábios. — Olha como eles são lindos! Não dá vontade de beijar?

Eu olho. Sim, são lindos. Mas vontade de beijar, nem a pau!

E Fabiana também não teria. Ela não é meio lésbica, meio bi coisa nenhuma. Na verdade, ela foi a primeira a implicar quando uma colega da faculdade anunciou que iria morar com a namorada. *Você viu a Aléxia?*, ela comentou, *Precisava disso? O tanto de homem que existe por aí... Tsc. Eu tenho pena dela. É tão linda. Agora vai embarangar. Toda sapatão é gorda e feia.*

Além disso, se o gostosão quer ver mulher se pegando, é só ele girar o pescoço. Logo atrás dele, a gótica suave encosta a cabeça no ombro da moça de cabelos coloridos. Mas, óbvio, não são *essas* mulheres que ele quer ver, nem *esses* carinhos.

— Vem, amigaaa! — Fabi bate o pé no chão, feito criança birrenta. — Poxa, Luísa, me ajuda! O tanto que eu te ajudei com o Oscar!

Lembrar do Oscar é jogo baixo. Depois do término, fiquei mal por semanas. Namoro de adolescência, sonhava em casar com ele. Fabiana comprou sorvete e assistiu a *Meu primeiro amor* comigo incontáveis vezes.

— Tá bom, vai. Só um selinho.

O *boy* vibra. Fabi fecha os olhos e segura meu rosto, as mãos macias. Seu perfume adocicado, igual ao meu, fica mais intenso, me dando náuseas. Os lábios vermelhos e brilhantes se aproximam, com cheirinho de morango. Procuro me encorajar com as palavras de Katy Perry em *I kissed a girl*: *ain't no big deal, it's innocent.* Ao nosso lado, o loiro saliva, gato transformado em lobo, a boca cheia de dentes.

— Desculpa, amiga — empurro Fabiana, os lábios quase raspando nos meus. — Não dá.

ANÔNIMO 249

Saio do quarto tentando fazer o mínimo barulho possível. Não quero que minha mãe me veja. Ela está sempre perguntando como eu estou. Eu a assusto. Não quero ser uma assombração pra ninguém.

Abro o armário da cozinha. No micro-ondas está a vasilha cor-de-rosa com estampa de bichinho, a mesma desde que eu tenho lembrança. Ali dentro tem arroz, feijão, frango bem tostado, do jeito que mamãe sabe que eu gosto, e salada de manga. Pego um Cheetos e um Toddy. Desculpa, mãe. Fecho o armário e me arrasto pelo corredor. No caminho, me lembro de pegar a tesoura dentro do bule na despensa. Ela escondeu todas, mas essa eu vi onde guardou.

Entro no quarto. *Meu* quarto. De porta trancada e chave passada. O único lugar onde ninguém pode me ver.

Tento comer o salgadinho, mas o cheiro me enjoa. Me forço a tomar todo o Toddy. Não posso ficar sem comer nada, minhas mãos tremem. E eu preciso de mãos firmes.

Minha mãe não vai gostar. Que se dane. O que faço da vida senão dar desgosto? Mais uma vez não vai fazer diferença. Passo os olhos pelo quarto. *Meu* quarto. Bichos de pelúcia na prateleira, livros de matemática pegando poeira desde que saí da escola. Um troféu pelo último festival, uma foto com as amigas que não tenho mais. Inúmeras selfies presas por ímãs de sapinho no quadro cor-de-rosa. Mamãe dizia que o cartão de memória da TekPix não dava conta de mim. No cabide, o short de lantejoula meio limpo, meio sujo. Agora deve ter o dobro do meu tamanho. As duas caixas de Koleston. O tênis branco. O computador. A webcam. Minha vontade de desistir de tudo.

Ligo a CPU. Só mais uma vez não vai fazer diferença. Não vou entrar no Facebook. Não vou entrar no Facebook. Abro o YouTube. Digito *campeonato verão 2010*. Não vou entrar no Facebook. Clico no primeiro vídeo e depois no play.

Lá está a Amanda. Ruiva. Short de lantejoulas e tênis branco. Com as amigas que não tenho mais. A música começa a tocar. Os Hawaianos. Será que ainda sei esses passos? O cabelo branco do apresentador de TV. O som dos aplausos. *O som dos aplausos*. Mastigo o Cheetos, já virou borracha na boca. Se eu deixar o som no mudo e fechar os olhos, ainda assim posso ouvir o som dos aplausos. Que saudade. Ah, Amanda, que saudade.

Desço a tela sem querer. Juro, foi sem querer. Eu não queria ler o comentário do Anônimo249. Eu não queria saber que, com essas roupas e com essa dança, a Amanda estava pedindo. Eu não queria saber que a Amanda mereceu porque não se dava o valor. Eu não queria saber que não importava que os passos estivessem bem sincronizados, ou que eu não tivesse errado a sequência logo após o refrão, como acontecia nos ensaios. Eu não queria saber que todas as noites dançando sozinha em frente ao espelho do meu quarto não tinham importância alguma.

Tudo por causa daquele outro vídeo.

Desligo o computador direto da tomada. Já não consigo respirar. Os Cheetos em meu colo estão molhados e molengas. Ligo o rádio para me distrair. Para abafar todas as vozes que vêm junto com Anônimo249.

A voz feminina invade o quarto, meu quarto, melodiosa e triste. Me jogo na cama. Você amava essa banda. Eu odiava, achava tão depressiva. Mas agora só escuto suas músicas. Está satisfeito? Finalmente ouço as coisas que você queria.

Como eu fui burra! E não adianta se lamentar, nada apaga essa burrice. Nada apaga o olhar do meu pai quando chegou em casa e disse que já sabia. Meu pai, que nunca gostou muito da minha dança, mas filmava todas as apresentações. Meu pai, que me deixava e me pegava nos ensaios. Meu pai, que não olha mais na minha cara.

O vídeo da minha apresentação no Verão 2010 tinha cem visualizações. Todos os dias eu abria, acompanhava os likes, os compartilhamentos. Hoje, mais de vinte mil pessoas me viram dançar Os Hawaianos, e o comentário do Anônimo249 é só o primeiro. Na rua, mesmo de fones, eu ouço os cochichos. *Não é ela que...? Aquela não é a menina que...?*

Eu estava me preparando para o festival nacional em São Paulo. Eu ia dançar na Eliana, me apresentar no Se Vira nos 30, dar entrevista no Caldeirão do Hulk. As pessoas iam me parar na rua, pedir autógrafo. Mas eu fui burra e tive pena de você. Sempre sozinho no recreio, mastigando devagar um Cheetos, com cortes mal cicatrizados por baixo do casaco. Agora uso roupas pretas, iguais às suas, com o dobro do meu tamanho. Porque você disse que ia ficar entre a gente. Porque você disse pra eu confiar. Porque você disse que, se eu te amasse, eu faria...

Agora Anônimo249 diz que eu mereci.

A tesoura está em cima da cômoda. A um, talvez dois, passos de distância. O olho embaçado faz a lâmina ter um brilho diferente. Bonito. Obrigo as pernas a me levantarem. É, basta um passo até a cômoda. Mais dois até o banheiro. O metal consegue ser mais frio que as minhas mãos.

No espelho, está a imagem que eu não suporto mais. O reflexo só me mostra o que odeio. Essa Amanda que não come há dois dias, mas precisa ter as mãos firmes para dar o próximo passo.

Mesmo com o Toddy, a tesoura treme. Seguro o pulso com a outra mão. Logo a pia se enche de vermelho em longos fios. Esse vermelho estúpido. O vermelho de puta, como disseram, quando meus seios estamparam as telas de seus computadores.

Uma lágrima teima em me fazer companhia. Meu Deus, eu vou ficar tão velha, tão feia. Mamãe vai odiar. Pego as duas caixas de Koleston e rasgo com os dentes. Quarenta e cinco minutos para surgir outra Amanda. De franja e cabelos pretos, talvez ninguém me veja. De franja, cabelos pretos, roupas folgadas e música triste. Como você. Talvez me esqueçam.

Talvez alguém tenha pena de mim. Da porta aberta do quarto, o troféu do último festival acena em despedida.

JOGO POSSÍVEL

Ajoelhada, abro a boca. O segredo é relaxar. E respirar.

Sempre fui ambiciosa. Gosto mesmo é de testar meus limites. Foi assim que galguei carreira, cargo após cargo, até chegar à gerência.

Daqui de baixo, a vista é magnífica. Seguro-o pelos quadris estreitos. Gosto de como desliza lábios adentro, do veludo na língua, de como brinca com as amígdalas.

Ser gerente de engenharia significa lidar com meia dúzia de homens inconformados comigo. Na hora do café, cochicham que só consegui o cargo porque devo ter me ajoelhado para o diretor geral.

Os olhos lacrimejam. Abro mais a boca. Sempre gostei de testar os meus limites. Disseram que eu não terminaria a faculdade, muito menos que seria capaz de visitar canteiros de obras com uma barriga escondida até os seis meses. Horas a mais, almoço em pé, parar no hospital por tomar energético além da conta, tudo eu fiz para provar o contrário.

Eu ajoelho, sim. Com gosto. E desconto nas metas. Diminuo os prazos, aumento a pressão. Pelas minhas costas, eles dizem que estou azeda por falta de rola. Quando descobriram meu marido, a revolta se voltou contra ele: escravoceta, deve queimar a rosca escondido.

Um fio de saliva escorre, grosso, volumoso, empapando pele e pelos. Fora do quarto, ele lava a louça, faz o dever de casa com nossa filha e põe minha cabeça no colo toda vez que eu choro por não conseguir encontrá-la acordada ao chegar em casa.

Nunca contei o que meus colegas de trabalho falam sobre ele. Eles bem gostariam de me ver assim, de joelhos no chão. Não se conformam por eu me manter de pé. São uns broxas. Se dou esporro, é porque fazem merda, não por falta de piroca.

Me abaixo mais, a língua disputando a pele poro por poro, espasmo por espasmo. Lá fora, todos os dias eu jogo o jogo do poder. Da porta para dentro, eu e ele dividimos a cama e a vida de um jeito que nos afirmaram ser impossível. Mas eu sempre gostei de testar meus limites. E, à medida que ele estoca em minha boca, eu o empurro mais fundo na garganta.

Ajoelhada, eu relaxo. Respiro. E gozo.

HÁ MORTES QUE VÊM PARA BEM

Quando eu recebi o diagnóstico, passei no sex shop, comprei um vibrador, fui para um motel e siririquei a tarde inteira. Só depois contei ao finado, aos prantos, aquilo que já suspeitávamos.

Tem gente que come para aplacar a tristeza. Tem gente que bebe. Eu gozo. Dizem que mulher não se excita se estiver com problema na cabeça, não consegue se desligar. Pois eu acho que sou uma mulher meio homem, ou então essa fórmula não tem nada a ver, porque eu transo pra relaxar. DJzinho primeiro, problemas depois. É minha válvula de escape.

Por isso eu não dei certo com o finado. Hoje, quando ele veio pegar a mais nova, eu dei uma olhada bem boa na cara dele e pensei: *Olha só o que esse otário perdeu.* Está com a cara cheia de olheiras. No mínimo deve ser por causa da mãe, que troca o dia pela noite, mas o nenezão não sabe alugar um apartamento e morar sozinho, precisa de alguém pra botar as roupas na máquina, e esse alguém não pode ser ele, claro, pois há um grande risco de o bilau cair.

Eu me disperso muito, né? Na faculdade, eu tinha um professor que me chamava de divagante, a Camila é uma divagante, ele dizia. Era engraçado aquele professor, saudades.

Eu divago mesmo, mulher, paciência; se quiser saber o fim dessa história, vai ter que aguentar.

Eu estava falando do finado, no caso, meu ex-marido. Não demos certo porque ele não queria mais transar comigo. Não conseguia. Engraçado que antes, quando eu botava o fio dental vermelho, ou quando propunha um desvio rapidinho para o motel, ele achava ótimo. Ficava numa animação, menina, precisava ver. Não tinha tempo ruim, nunca negava fogo. Mesmo que depois tivesse que me ouvir falar por duas horas sem parar sobre o assistido que mudou de telefone pela quinta vez consecutiva e bateu lá na Defensoria fazendo barraco porque a gente não ligou para avisar da sentença e o processo dele prescreveu.

Mas, depois do diagnóstico, babau, acabou-se o homem. Era eu chegar cheia de fogo e ele se afastar. Como se essa doença fosse contagiosa.

Você tá casado comigo ou com meu hemograma?, eu perguntei. Ele se irritou, foi a primeira vez que ameaçou sair de casa. *Saia pra você ver!*, empunhei a chave, pronta pra riscar o carro. Ora, eu é que tinha motivos para sair de casa, ainda mais depois que ele disse que eu não era normal. Na hora, eu só tive reação pra falar isso do hemograma, e ainda hoje, quando lembro, me dá uma raiva! Pois foi, menina, ele disse que eu não era normal. Como alguém no meu estado poderia ficar o tempo todo pensando em sexo? Será que eu não percebia que as coisas tinham mudado? Por que eu não podia ser como as outras mulheres do grupo de apoio?

Olha, eu juro como pensei que ia infartar. Isso tudo aconteceu justo no dia em que eu despachei os meninos pra casa da avó e fiquei esperando o desgraçado chegar em casa, vestida unicamente numa meia arrastão. Deixei o quarto à meia-luz, coloquei uma musiquinha, até acendi uma vela aromática, logo eu que sempre tive medo desse treco cair no lençol e pegar fogo em tudo, mas naquele dia eu quis me arriscar. Achei que tava abalando. Coitada!

Aí o finado abriu a porta e falou aquele absurdo. E eu, idiota, não soube nem responder. Isso sempre acontece comigo, sabe, as palavras não vêm, e eu falo algumas bobagens, como essa do hemograma, que nem tem nada a ver, porque minhas hemácias estão ótimas, quando o que eu queria mesmo dizer é que eu sei sim que as coisas mudaram, se tem uma pessoa que sabe que as coisas mudaram sou eu, porque sou eu quem esquece como ler os números, ou que paralisa o braço ao escovar o cabelo. Fui em que parei de enxergar com o olho direito e fui eu que pensei em tomar um tarja preta misturado com caipirinha em plena Paissandu às três da tarde, depois de sair da clínica com o laudo pesando uma tonelada debaixo do braço. Ao invés disso eu passei no sex shop e comprei um bullet, porque esse é o meu jeito de lidar com a vida. E é justamente por isso que eu não posso ser como as mulheres do grupo de apoio, porque eu sempre fui assim, e não é um CID ou uma reunião mensal guiada por um terapeuta que vão mudar quem eu fui até aqui. E, aliás, como ele pensa que são as mulheres do grupo de apoio? A Sheila é bodybuilder, a Mara tá na terceira gestação, a Rute faz pole dance. E todas elas transam, menos a Lúcia Helena, mas isso é porque a Lúcia Helena tá solteira e não sabe fazer sexo casual; se não tiver aliança no dedo, ela não funciona. Aí eu, por causa de um papel, tenho que deixar de ser quem sempre fui? Por acaso tá escrito no laudo que eu deixei de ser a dona Camila do 401, a Mila cabeça de vento, a mainha, a filhota, ou a dra. Camila Ramos? Quer dizer, Ramos eu deixei de ser, mesmo, não quero mais o sobrenome do finado, agora sou dra. Camila Sousa.

Assim não dá pra conversar com você. Toda vez é isso, tá insuportável, ele disse. *Ah, e você acha que eu ia deixar de ser insuportável só porque adoeci?*, eu rebati. (Perceba que dessa vez eu soube responder decentemente.) Foi aí que acabou. A gente passou uns meses embromando, coisa difícil é acabar um casamento, ainda mais quando tem filho no meio. Nesse meio tempo, eu tive outra crise, e as pessoas ao redor queriam me fazer desistir do divórcio. Diziam que eu precisava de alguém que cuidasse de mim, e o pior é que quase acreditei, eu sou forte pra caramba, mas as crises mexem comigo, sabe? No fim das contas, eu ouvi a voz da razão (a minha) e matei esse relacionamento.

Não teve quem não me criticasse, vê se pode, abandonar um marido tão bom, que fazia tudo por mim. De fato, o finado me acompanhava nas consultas, fez a papelada do plano de saúde, me ajudava com a medicação. Mas não dava mais, toda vez que eu olhava pra ele, eu me sentia mais doente e menos gente. E morrendo de tesão, sem poder me aliviar.

Eu estou bem agora. Queria dizer que fiz como aquela antiga de Aviões: *entrei na academia, eu malhei, malhei, dei a volta por cima e hoje te mostrei meu novo namoradooo...* Mas não posso, porque paguei um semestre inteiro na Smartfit e só fiz um mês. Enfim, algumas coisas não mudam, mesmo. Pelo menos, mostrei ao defunto meu novo mozão. Gabriel é carinhoso, parceiro, e, apesar do senso estético duvidoso, o que eu amo mesmo é que, pra ele, eu sou só a Camila. E, claro, também amo que ele me fode gostoso sem ter medo de dar tapa na bunda, ou de puxar o cabelo até me fazer gritar *Caralho, assim também não, né, eu não renovei o mega semana passar na Leidy's Hair pra você arrancar*. Goza na minha cara sem nenhum problema e depois me ajuda a escolher um local que eu ainda não tenha picado para aplicar o medicamento. Com ele, eu tô até aprendendo a falar mais como eu me sinto de verdade, ao invés de ficar só falando mal dos outros, e não sei se é por isso, mas a gente tem transado menos. Só que com ele isso não é um problema.

Ah, mas também eu não vou ficar enchendo a bola do Gabriel demais, não, senão ele vai ler isso aqui e ficar todo convencido. Pois é, mulher, Gabriel lê meus textos e ainda comenta. O defunto nunca teve coragem, acredita? Comprar o bullet e enterrar aquele casamento foram as melhores coisas que eu já fiz por mim.

ADEUS, CÉU AZUL

— Levante a cabeça, minha fia — dona Pedrina diz. — Não olhe.

Ângela obedece e olha para cima. Repara no espaço deixado por uma telha faltando, por onde dá para ver o céu. Um quadradinho azul e limpo.

O céu estava nesse tom quando ela, deitada ofegante na terra batida, percebeu que amava. Dali em diante não tinha mais volta. Tudo era azul, tudo era infinito, tudo era possível quando o corpo de Giancarlo se enroscava no seu.

— Cuidado, Anjinha, — os amigos falavam — muitas já caíram nesse conto.

— Eu não vou cair — ela ria. — Não sou besta nem nada.

Ângela subia os rochedos, queria paz para escapar do barulho de casa. Às vezes, ela levantava a mão e imaginava como seria pegar um pedaço do céu.

— Tá esperando alguém?

Foi assim que conheceu Giancarlo. Trazia um isqueiro na mão e um cigarro apagado na boca.

— Não. Tô só matando o tempo.

Ângela já o tinha visto na escola. Todo mundo falava de Giancarlo. Ainda mais quando ele terminou o namoro com Natália: depois de chorar uma semana inteira, a garota enfiou uma faca na mochila e ameaçou matar quem se aproximasse dele. Louca.

— Quer um cigarro?

— Tô de boa.

O cheiro do fumo invadiu o ar.

— Tu é a filha de Moacir, né?

— Sou.

— Moacir é gente boa... Parceiro de cana. Como é que ele tá?

— Tá bem. Bebendo muito. E batendo em mãe.

— Ah. Foi mal.

— Tem nada não. Se ela não quisesse apanhar, largava dele.

Giancarlo também olhava o céu.

— Como é teu nome mesmo? — ele se virou para ela.

— Ângela.

— Anja? Nome diferente. É bonito. Igual à dona.

Ela colocou a mão em frente à boca para sorrir.

— Por que tá tampando a boca?

— É por causa do dente quebrado. Meu sorriso é torto.

— Duvido. Deixa eu ver.

O primeiro beijo teve gosto de fumaça.

E foi assim que começou. Ângela subia os rochedos, e Giancarlo já estava esperando por ela. Ouvira todo tipo de história sobre ele. Que não prestava, que era raparigueiro, beberrão, preguiçoso. Que só queria comer as novinhas e depois desaparecia. Ângela sabia de tudo isso. Mas em casa o pai dizia que ia matar a mãe, e às vezes ela achava que ia mesmo, e nunca tinha carne na geladeira, porque nunca tinha dinheiro, embora sempre houvesse para a pinga, e a mãe chorava e chorava e nunca deixava o pai, e Ângela só queria sumir dali e esquecer de tudo por um tempo.

— Calma, minha fia, olhe pra cima — a voz de dona Pedrina chega mansa a seus ouvidos. Ângela está longe, muito longe dali.

— Eu sei qual é a sua, Giancarlo — ela dizia, entre beijos.

— Ah, é? E qual é?

— Você só quer tirar meu cabaço. Quando conseguir, vai embora. Só que eu não vou cair no seu conto.

— Que é isso, Anjinha?! Não vou fazer essa covardia contigo. Tu só não pode se apaixonar!

— Até parece, eu nunca vou me apaixonar por você.

Giancarlo era um passatempo divertido. Aquele jogo de puxar as mãos dele para a sua cintura quando elas escorregavam atrevidas para as nádegas a distraía da turbulência familiar.

— Nem se iluda, que aqui você não vai ganhar nada além de uns beijos.

Mal acabava de falar e ele deslizava os dedos para sua perna, apertando o interior da coxa. Ela tirava a mão, mas aparecia de saia no dia seguinte, na expectativa de mais.

A dor em suas entranhas é tão forte que a faz gritar, e ela se agarra nos braços de Giancarlo, revivendo aquele dia em que ele desceu a mão para dentro de sua calcinha e fê-la descobrir todo um novo mundo de sensações.

— Isso, Anjinha...

Ângela tremia com as possibilidades que ele oferecia. Ele sempre a fazia querer mais. E a apertava tão bem apertado, e a beijava tão bem beijado que, quando ela viu, já estava faltando às aulas para subir os rochedos.

Um dia, encontrou Natália no caminho de casa.

— Eu sei que você tá ficando com Giancarlo — ela disse. — Boa sorte em ser a nova rapariguinha dele.

Ângela não se importava. Podiam chamá-la do que quisessem, desde que ela continuasse sentindo a língua molhada de Giancarlo explorar cada canto da sua boca.

— Vem — ele lhe disse naquela tarde. — Quero te mostrar uma coisa.

Ela pegou na mão dele e desceram os rochedos pela primeira vez. Atravessaram a pista, entraram na mata. Ângela já tinha ouvido todas as histórias, sabia que nunca terminava bem depois que as moças desciam tão baixo, mas o céu estava tão azul e tão limpo, e as pessoas falam tanto! Deitou na terra, sob o anil estonteante, e Giancarlo foi tirando suas roupas uma a uma, até afundar entre as suas pernas.

— Não olhe, minha fia, não olhe...

Cravou as unhas roídas nas costas dele, enquanto sacolejava com o movimento de seus quadris. O calor da tarde a fazia suar, e Ângela derretia:

— Ai, Giancarlo, ai, Giancarlo...

Puxou os cabelos dele, arrancando os fios com as mãos. Pensou que ia morrer, então gritou, gritou, e tudo ficou deliciosamente azul.

— Ah, Giancarlo...

Giancarlo continuou a esperá-la nos rochedos, e ela continuou a descer para a mata com ele, uma, duas, várias vezes. Quando deu por si, já não podia viver sem ele. Passava o dia sobressaltada, em estado de extrema urgência. Só se acalmava quando ele se deitava sobre ela, então logo mais tudo ficava azul, e nada mais existia, nem a família, nem a violência, nem a fome e a pobreza, apenas Giancarlo.

Em casa, o pai desconfiado, a filha vivia no mundo, manchas roxas no pescoço, lábios inchados.

— Que foi isso, menina?

— Uma aranha que me pegou.

O pai não acreditava e tirava o cinto do cabide. A mãe chorava: *minha filha, você está perdida.* Ângela levou bronca, levou surra, mas não largou Giancarlo.

Então um dia, sem mais nem menos, sem preparação ou aviso prévio, ela olhou para o céu e percebeu que o amava. Tanto que ele falou para não se apaixonar, e aconteceu. Que mal teria?

Tudo ia bem, até que ela, como que por feitiço, caiu no sono. Dormia e dormia, e o sono não passava. Logo vieram os enjoos. O corpo magro e subnutrido começou a ganhar formas arredondadas. No desespero, fez as contas: estava atrasada há semanas.

— E agora, Giancarlo?

Ele sumiu. Todos os dias, Ângela subia os rochedos e esperava, sozinha. Só ela e a imensidão azul. Esperava, esperava e nada.

Mandou recado, fez carta de amor. Implorou. O pai cada dia mais desconfiado. Ela chorava: não foi falta de aviso.

Um dia ela subiu os rochedos, e, como um milagre, Giancarlo estava lá:

— Vem comigo. Vou te levar lá em casa. A minha avó conhece um remédio.

Dona Pedrina lhe deu uma garrafa e mandou tomar tudo. Antes de dormir, Ângela se trancou no banheiro do lado de fora da casa. Na solidão da noite, destampou o vidro: cheirava a podre e a morte. Bebeu até a última gota.

Passou a madrugada tampando a boca com as duas mãos para abafar a dor. Ao raiar do dia, voltou à casa de Giancarlo.

— Dona Pedrina, me ajude, que eu tô em tempo de morrer.

O céu era azul quando ela entrou. Agora tudo é vermelho.

— Não olhe, minha fia, eu falei pra não olhar.

Mas Ângela olha. No meio do vermelho insano que inunda o quarto, ela vê a seus pés uma bola de entranhas. *Olha só no que deu seu amor*. A coisa pisca, e ela grita.

A dor lhe rasga em duas. Outra vez ela tenta se agarrar aos braços de Giancarlo e ser levada de volta àquelas tardes em que tudo era possível, mas eles não estão mais lá. Tenta olhar para cima, para o céu que lhe restou através do quadrado das telhas, e não consegue.

— Seja forte, minha fia, seja forte.

Ela tenta. Mas já não há mais azul, nem vermelho, apenas escuridão.

PRIMEIRA VEZ

Sexta-feira. Cheiro de pizza. Meus pais na mesa com outros adultos. Um parquinho de madeira que há muito não existe mais. Meu vestido azul com laço na cintura. As marias--chiquinhas apertando minha cabeça. Eu amava o vestido, odiava o penteado. Muitas crianças. Uma, em especial. Cabelos loiros, nariz grande.

Boca de forno?

Forno!

O banheiro ao fundo do parque.

Jacarandá?

Dá!

O pênis pequeno lembrando a torneira do quintal de casa.

Se eu mandar...

Eu arrependida de ter entrado na brincadeira.

Eu correndo do banheiro.

Eu sentada na mesa dos adultos pelo resto da noite.

Eu não chorei. Nem no dia nem muito tempo depois, quando comecei a fazer terapia depois de um término conturbado e destranquei essa memória da gaveta, há tanto escondida. *Mas vai sair xixi*, eu pensei quando ele me mandou chupar. *Por que ele quer que eu beba xixi?*

Demorei anos para entender.

Eu não chorei. Nem antes, nem agora, enquanto escrevo as palavras que gostaria de nunca precisar escrever. Eu tenho vergonha.

E nojo.

Raiva.

Não sei que rumo tomou aquele menino. Esta é uma cidade pequena. Provavelmente temos conhecidos em comum, quem sabe estudamos no mesmo colégio. Talvez tenhamos dançado forró juntos, quem sabe a sua boca foi uma das tantas que beijei naquele louco Carnaval de 2013.

Nunca saberei.

Não me lembro do rosto dele. Só do cabelo, do nariz. E do pinto.

Encontrei outros garotos. Meninos que levantavam a saia das meninas e diziam obscenidades. Nunca nenhum deles foi tão invasivo. Nem o que disse só estar comigo por causa do tamanho da minha bunda. Ou o que queria transar no banco da praça. Nenhum deles chegou àquele ponto.

Hoje eu me pergunto o que o levou a fazer aquilo. Como ele sabia? Assistiu ao DVD das Brasileirinhas escondido? Viu o pai fazer com a mãe? Fizeram com ele?...

Jamais saberei.

Só sei que, das sobras daquele dia, o que mais me assusta é a incerta possibilidade de ele ter feito de novo.

Talvez ainda faça.

E eu não serei a única a engavetar essas memórias.

ESCAPE

Fica aqui, Reinaldinho. Olha a onda, que delícia a onda! São nove horas, e a barraca ainda não abriu. Calma, filho, não se afobe! Mas que mal tem a barraca fechada, né? Ele pode ter dormido até mais tarde, pode ter ido ao Centro resolver uma pendência... Ah, que linda a concha, Reinaldinho! Talvez tenha ido ao cartório, ou ao Detran, sabe como são essas coisas, tomam uma manhã inteira. Mas ele não tem transporte, por isso o beco... Ei, menino, tira a concha da boca! Então foi ao cartório. Deve ter ido ao cartório. Não tem nada a ver com o carro preto de ontem... Cuidado, filho, desse jeito o mar te leva. Nove e meia e nada, as cadeiras empilhadas e acorrentadas para o vento não levar. Tão mais bonitas sobre os ombros dele, os bíceps contraídos sustentando o peso, talhados de bronze e maresia... Vez ou outra cansava e fincava-as na areia, lambendo o sal dos lábios. Ai, aquela lambida! Não, filhinho, aqui tá bom, no fundo é perigoso. Daqui eu posso ver a barraca... E o beco estreito, entre os banheiros, meio coberto pelas palhas, e o carrinho de picolé mais à frente, onde Reinaldinho tomou sorvete ontem, tão bem-comportado... Que mal há, hein? Uma mãe passeando com o filho na praia, um moço que passa carregando cadeiras... A mãe compra sorvete para o menino, deixa-o com o senhor dos picolés, vai ao banheiro só um instantinho, está tão apertada... E o moço, o que tem o moço? Quem se importa com ele, desde que as cadeiras estejam postas e limpas, prontas para sentar? A mãe volta, o menino bebe o sorvete derretido da casquinha, o senhorzinho não enxerga direito, mas sorri para nós. Que mal há? Não tinha por que Jurandir ficar desconfiado. Reinaldinho cada vez mais queimado de sol, *Vocês* não estão passando tempo demais na praia, não, ô, *Marizete?* E você, tempo demais na concessionária. *Vai começar de novo? Se eu me esborracho de trabalhar, é pra dar essa vida boa que você tem...* Ora, homem, deixe de besteira, que culpa eu tenho se o menino gosta? Em casa, fica sempre tão entediado, tadinho... *Mas precisa ir todo dia?* No domingo, encasquetou que queria vir também. *Você conhece esse cara, Marizete?* Ele trabalha na praia, Jurandir. *Fala a verdade...* Ele gosta de fazer gracinha pro menino, só isso. Arram, Reinaldinho, tá lindo o castelo de areia. Jurandir é doente de ciúmes. A gente precisa ter mais cuidado, eu disse no beco, antes de voltar para fazer o almoço. *Relaxa*, a voz meio rouca molhou meu ouvido. Ai, aquela lambida! O beco, as palhas, a língua... E o carro preto. Vidro fumê, sem placa, devagar o suficiente para avistar o moço das cadeiras saindo do banheiro poucos minutos depois de mim. E agora a barraca fechada, os assentos empilhados uns sobre os outros. Dez horas. Levanta, Reinaldinho, vamos voltar. Ele foi ao cartório. Deve ter ido ao cartório... não é? Compro sorvete para o menino. Hoje o senhorzinho do picolé não me sorri.

CRIME E CASTIGO

Você não gostava quando eu bebia whisky, dizia que o gosto ficava muito forte no beijo. Você sempre foi saudável, raramente tomava uma dose e implicava com minhas bebedeiras. *Você não pode esconder seus problemas com álcool*, dizia. Eu concordava, mas nunca parei. Até perder você.

Faz mais de um ano que você saiu por aquela porta, mais de um ano que eu não bebo. Hoje não é um dia especial, mas me lembrei de você, de nós, e você me perseguiu incansavelmente, como naqueles primeiros meses em que pegou a enfadonha optativa de Latim só para ficarmos na mesma turma. Como resistir? O barulho da garrafa na sacola do supermercado atestou a minha derrota.

Ligo a TV, conecto o aplicativo de música. O sax invade o apartamento. *Amo você, fica comigo...*, a voz melodiosa canta, e eu acompanho num sussurro, um passo para cá e outro para lá, o copo na mão. Você sempre gostou de forró das antigas. Na nossa época, não era antigo, era só forró, e a gente dançava de cangote colado na quitinete quase nua de móveis, onde almofadas em cima de um caixote de feira fingiam ser um sofá. Vivíamos num aperreio tão grande... Você enchia a sopa de Sazón para sentir ao menos o gostinho de carne, ainda não podia se dar ao luxo de ser fitness.

Mais tarde, no sofá retrátil desta sala, a gente se acabava de sorrir, ainda sem acreditar que tínhamos comprado um apartamento na zona nobre da cidade, logo nós, que um dia fizemos rifa para pagar aluguel. Você brincava: *Minha casa, minha dívida, vamos pagar até os sessenta anos!*. Você não sabe, mas quitei o financiamento meses atrás. Nunca pensei que quando esse dia chegasse eu estaria só.

Entorno mais uma dose, nem sei quantas já foram. Eu reclamava quando você tirava a garrafa das minhas mãos, discutíamos. Eu não queria brigar com você, minha deusa. Nunca quis. Preferia mil vezes ver o brilho do seu cabelo caindo pelas costas quando você jogava a cabeça para trás numa gargalhada, como naquele dia em que descobriu o caixote-sofá na despensa. *Eu não acredito que você trouxe lixo pra casa nova!* Na época, eu não soube explicar.

Eu gosto de guardar coisas. Como ainda guardo seus cabelos. Você os raspou, decidida a doá-los. Eu fiquei de levar até o Lar de Maria, mas enfiei tudo debaixo dos documentos do seguro, sabia que você nunca mexeria ali. Acho que eu já pressentia o futuro, essa minha dança triste na sala de estar.

A música mudou, e a voz preenche a sala. *Meu baião, coração, arranca essa dor do meu peito pra eu não chorar*. Paro de dançar, a cabeça zonza. Não quero chorar. Quero você. Desisto do copo e bebo direto da garrafa. Quero minha deusa de volta. Não como nos últimos dias, quando você já não falava comigo e eu me afogava cada vez mais no álcool. Tampouco como nos primeiros tempos, você ainda de aparelho e com aquele platinado pavoroso.

Quero você sentada na poltrona rasgada pelo gato, que a gente nunca teve tempo de consertar. Você levantava com o indicador os óculos pesados, o grau cada vez maior à medida que dobrava a curva da idade, com as pernas penduradas no braço de suede. O short revelava as estrias, as longas e tortuosas e alucinantes estradas que eu percorria por você. Você me empurrava com a ponta do pé: *Não vê que estou lendo?*

Mas eu não suportava, como não suporto agora, tamanha seriedade, sua testa franzida cravando vales entre as sobrancelhas, os dentes roendo o sabugo da unha, tão mais ágeis quanto mais difícil o livro. Você trazia o indicador dos óculos para a boca, a língua umedecia o dedo, e o dedo passava a página. Eu não suportava, minha deusa, eu não suporto. Me intrometia em sua leitura, a poltrona pequena demais para nossos corpos. Metia-lhe a boca nos dedos, você virava as páginas. Deslizava-as umas sobre as outras em seiva bruta. Marcava com a unha as linhas, enquanto eu, de joelhos, percorria você. Entrava nas suas estradas, longas, tortuosas, alucinantes estradas, e você lia em voz alta, pausando nas vírgulas, estremecendo nas exclamações. Eu acompanhava você, ponto a ponto, palavra por palavra, e, antes que seu dedo alcançasse de novo a boca para virar a folha, eu levava meus lábios aos seus. Úmidos, carnudos lábios. Entreabertos, famintos. Você jogava a cabeça para trás, como quando sorria, o livro há muito caído no chão, e eu arfava entre beijos: *Minha deusa, minha deusa!*

Meu Deus, olha para mim. A braguilha aberta, a mão perdida. O que estou fazendo, meu Deus, o que estou fazendo? Não posso, não devo. É ridículo, é profano. Nesta mesma sala eu te velei, nesta mesma sala, eu vi seu rosto, apenas a sombra de quem um dia você foi, pela última vez.

Mas também foi nesta sala onde nós dançamos e nos beijamos tantas vezes, apesar do meu hálito de cachaça. Era nesta sala que você repousava na poltrona rasgada, antes de ela ir parar na despensa com o caixote e os cabelos, e nós líamos em voz alta os mais excitantes volumes.

Eu queria que esse whisky apagasse você, levasse embora sua lembrança. Não a dos últimos dias — a assustadora memória dos últimos dias, sua cabeça nua de pelos, que jamais voltaram a crescer, grande demais sobre o corpo desenganado, a mente vagueando nos delírios da morfina, enquanto eu me deitava nos braços da embriaguez. Essa eu não posso esquecer.

Queria abraçar a sobriedade da viuvez, chorar o choro contido dos enlutados, amargar a culpa de quem não foi o que você precisava, quando mais precisou. Mas você me vem de lábios molhados, suplicantes, e eu queimo em brasa. O desejo é o meu castigo. E a ele eu me rendo, como à bebida. Amanhã a ressaca me cobrará.

PARA SEMPRE AMADA

Fecho a porta e tiro a roupa. Ah, querida, como ansiei por isso! Olho para nós duas refletidas no espelho, você tão minha, quem diria que esse momento iria chegar?

Levo a mão até você. Tateio, sem medo, sem julgamentos. Não quero mais sentir vergonha, não temos nada do que nos envergonhar, não é mesmo? Os tempos mudaram, eu mudei.

Ah, minha querida, me dá até um aperto! Eu sei, eu sei, não devo me culpar. Mas quando penso em todos aqueles anos, em tudo o que eu a fiz sofrer... A gente gostava de ir à praia, lembra? Era divertido, até eu notar as pessoas nos encarando. Principalmente mulheres, infelizmente. Os homens até gostavam, somos um fetiche. Mas aqueles olhares, aqueles cochichos... Como se eu e você, assim livres, fôssemos uma aberração. Eu não suportei.

Tentei mudar. Não me aceitava, não aceitava você. Tentei transformar você, mas você, teimosa, sempre voltava ao que era antes. Eu me chateei. Você não entendia, não se ajustava. Brigamos. Eu a culpava por tudo o que acontecia comigo. Houve um tempo que não conseguia nem lhe dirigir o olhar, tamanho ódio que lhe tinha.

Ah, para que estou falando isso? Não quero rememorar maus momentos. Hoje é dia de comemorar! Um brinde a você, a nós, a tudo o que superamos. Foram anos de terapia para que eu me aceitasse, nos aceitasse. Tantos desentendimentos nos deixaram cicatrizes. Estamos cheias de marcas, depressões. Mas quer saber? Essa é a nossa história. O nosso charme. Não temos por que nos envergonhar de ser quem somos.

Ah, minha querida, eu estou tão feliz! Nunca imaginei que um dia pudéssemos fazer as pazes, mas cá estamos. Você é tão linda, querida, tão linda... Vê, eu até me emociono. Nunca mais eu quero fazê-la sofrer de novo, nunca mais quero nos machucar. Finalmente descobri o quanto eu amo você.

É por isso que vamos à praia, para celebrar. Como nos velhos tempos. E, se quiserem olhar e falar, que olhem e falem, eu não me importo mais.

Visto um biquini. É um fio dental. Em outras épocas, jamais me atreveria a usar. Ainda de costas para o espelho, olho para você engolindo o tecido, reluzente. Sempre ficou gostosa em estampa de oncinha.

OS ASTROS EXPLICAM

— Bom dia, Mariana! Hoje tem, hein!?

Seu Gomes já está com o manto tricolor debaixo da camisa social. Ele também é são paulino, desses apaixonados. Pintou todas as portas da casa de vermelho, preto e branco, a mulher quase pede o divórcio.

— Pra cima deles!

A gente bate papo enquanto ele imprime o documento. Está ansioso pela Copa do Brasil, até apostou com os funcionários do gabinete. Seu Gomes é uma graça. Conversa mais que o homem da cobra, se der corda é capaz até de esquecer de trabalhar. Além do time, compartilhamos também o Sol. É escorpiano, como eu. E com Lua em Leão, ou seja, um verdadeiro ímã, impossível não se encantar por ele.

Foi o que lhe expliquei, lá pelo terceiro ou quarto mês de andanças para o fórum, quando fiz seu mapa astral. Ele não se deu por convencido e até hoje diz que é isso é uma eguagem sem tamanho. É dono de uma honestidade irritante, plenamente justificada pelos astros. Da primeira vez que me viu na secretaria, disparou, sem mal tirar os olhos do computador:

— Benefício é na Justiça Federal, viu? Prédio ao lado.

Na hora eu tive vontade de dar uma respostada, onde já se viu fazer uma pressuposição dessas, que macho escroto, então lembrei o motivo de estar ali e informei meu nome, CPF e o número do processo. Era nítida a sua incredulidade. Mesmo tendo lido as informações no sistema, não se conteve e, enquanto pegava os papéis na impressora, perguntou:

— O que fez uma pessoa como você parar aqui, hein?

Eu estava prestes a ignorar o cartaz de *Desacato é crime* e soltar os cachorros com gosto, quando ele inclinou-se um pouco mais pra frente e ajeitou o aparelho no ouvido. Então eu desarmei:

— Ah, seu moço, é porque eu tenho Vênus em Sagitário.

Minha mãe diz que é porque eu não tenho juízo. Os astros discordam. E seu Gomes também. Ele me entendeu perfeitamente, também sofre com a fúria das paixões. Hoje está cansado, aposentou as chuteiras, mas isso quando era novo não era gente! Até ameaça de morte recebeu por namorar com mulher casada. Fazer o quê, depois do futebol, flertar é nosso esporte favorito. Quanto maior o desafio, maior o desejo. Se é difícil, e pra mim tudo é mais difícil, conquistar vira questão de honra.

Tamanha fome me faz passar pelos mais variados transtornos. O último deles foi Kléber.

— Você não presta, Mariana! — ele esbravejou naquela fatídica noite.

Ok, eu confesso que tenho minha parcela de culpa. Já prometi mil vezes parar de paquerar por rede social. Mas não adianta, toda sexta-feira estou à caça. Entro no perfil das minhas amigas, vejo os caras que moram próximo, seleciono os que têm perfil aberto e mando mensagem fingindo que já nos vimos. *Você não é aquele cara, que tava naquele dia...? Te achei tão interessante...* Pronto, já temos algum assunto. Daí em diante é jogar. Os likes trocados, as mensagens codificadas em emojis, as fotos provocantes no privado, os áudios em horas inoportunas, tudo isso me excita além da conta.

— Ai, Kléber, como você é dramático...

— Dramático? Você brincou comigo!

Kléber era a escolha mais óbvia. Olhos castanhos, lábios fartos e meu ponto fraco: peito cabeludo. Os pelinhos se denunciavam pela gola da camisa social meio aberta na foto de perfil. Foi fatal. Adoro um ursinho. Meu erro foi não ter checado a data e a hora de nascimento. Certeza que Kléber tem Vênus em Câncer!

— Eu te levei pra casa. Comprei flores. Você conheceu meus pais!

Em minha defesa, eu ressaltei para seu Gomes, essa parte não estava nos meus planos. Dormimos demais, e na hora de ir embora topei com a mãe dele voltando da feira.

Era gostoso com Kléber, não posso negar. As coisas entre a gente evoluíram rápido. E quentes. Bastava um olhar para começar um incêndio. Ele me acompanhava aos banheiros dos restaurantes, provadores de loja, lógico que ninguém se atrevia a reclamar. Saíamos com os cabelos grudados de suor e a cara mais lisa. Ele gostou do apelido de Urso, acho que se sentia mais viril, sei lá. E eu me embrenhava naquela mata de pelos e só desgrudava quando arriava as forças. Até emagreci nessa época. Minha mãe perguntava se eu não tinha mais casa, toda noite dormindo fora.

Depois de um tempo, ele queria dormir de conchinha, viajar juntos, planejar Natal e ano novo, até separou um copo só pra mim na casa dele, e eu fui me esquecendo de responder as mensagens de bom dia, boa tarde, boa noite, *você ainda me ama?*.

— Nós tivemos dias incríveis. Aí do nada você some, e agora finge que não me conhece?

Eu não fingi que não o conhecia. Só dei uma leve ignorada para evitar que ele viesse atrás de mim. Ainda mais porque eu estava esperando Carlos chegar. Nós vínhamos trocando likes e nudes há alguns dias, essa era uma das causas da minha amnésia.

— Olha, Kléber, o que a gente viveu foi mesmo incrível, mas eu tô numa outra vibe agora, sabe...

— Outra vibe? Porra, Mariana, eu botei um anel no seu dedo!

Ah, é. Esse foi outro fator que desencadeou a minha perda de memória. Sou alérgica a anéis. Tudo culpa de Vênus em Sagitário. Desapaixono fácil. Acostumada às barreiras, quando fica confortável, eu perco o interesse. E, àquela altura, no bar, já estava perdendo a paciência:

— Tá, e você achou o quê? Que eu ia casar com você?

Ele subiu o tom de voz:

— Bem que meus amigos me avisaram. Eles perguntaram: logo ela, Kléber? Tá desesperado assim? Você é mulher pra pegar no sigilo. Só comer e tchau. Mas não, eu quis dar uma de moderno, desconstruído. Eu te defendi, sabia? Falei que eles eram uns atrasados, preconceituosos. Até com a minha mãe eu bati de frente! Ela achava que eu merecia coisa melhor, e ela tava certa...

— Que conversa é essa, Kléber?

— É isso mesmo que você ouviu. E quer saber? Eu fui um otário, mesmo. Eu devia ter parado com isso desde o início, quando você não avisou das suas pernas.

— Que caralho de conversa é essa, Kléber?!

— Tava lá você, toda bonitona na foto de perfil. Produzida, decotão. Eu devia ter suspeitado. Só tinha foto da cintura pra cima. Claro que tinha algo errado.

— Não tem nada de errado com o meu corpo! As minhas pernas são lindas!

Ele fez uma cara, aquela que os homens costumam fazer pra mim nos primeiros encontros, antes de me bloquearem em todas as redes sociais:

— São tortas. E não funcionam.

Ficou com um risinho de vitória nos lábios. O filho da puta achou mesmo que ia me arrasar. Mas, meu amor, dessa vida eu já tô calejada. E tenho Lua em Áries.

— Que nem o seu pinto.

O que se seguiu a partir daí foi uó. Tive que mandar mensagem para Carlos a caminho da delegacia desmarcando o encontro. Tomaram meu depoimento não sei quantas vezes, assinei inúmeros papéis, aí veio toda a chatice de procurar advogado, ir para audiência, escutar proposta de acordo... Pelo menos o juiz ficou do meu lado. Disse que Kléber foi um filho da puta capacitista do caralho, não exatamente com essas palavras, o que atenuava o fato de eu ter quebrado uma long neck na cabeça dele e aberto o supercílio. Por causa disso, ganhei apenas uma ordem de restrição e agora todo mês tenho que vir ao fórum assinar o nome. Pelo menos conheci o seu Gomes. Quando ele se mexe, os pelos se enroscam na corrente de ouro pendurada no pescoço, um charme. Se fosse mais novo... Se bem que tá velho, não morto, né?

Ele me entrega o termo de comparecimento em juízo e ajeita o aparelho auditivo.

— O que o Zodíaco diz sobre o jogo de hoje, hein?

Encaro seus olhos cheios de esperança e abro o meu melhor sorriso.

— Pode ficar tranquilo, seu Gomes. O tricolor paulista já é campeão. Os astros me disseram.

CONSELHEIRO SARAIVA

Bichinha, se eu tivesse um revólver agora, acertaria uma bala bem na testa de José Antônio Saraiva. Nam, porque eu vejo, toda capital do Nordeste tem praia, só Teresina que não. Se era pra tirar a gente do interior, que fosse pro litoral, né? E não pra esse inferno da pedra, que vento nenhum alcança. Ô quintura do diabo!

Lá se vem o Wesley botar a mão na minha cintura. Rum, essa alma quer é reza, pensa que eu não sei? Depois de sete anos de namoro, só tem cheiro no cangote se for pra coisar. Valha, e o negócio já tá é duro. Nam, meu filho, nem se avexe. Tu sabe muito bem que aqui a banda toca em outro ritmo...

'Cabar tem gente que diz que Deus criou homem e mulher um para o outro. Eu acho que esse povo tá é doido. Onde já se viu duas criaturas tão diferentes darem certo? O cabra só de pensar já tá no ponto, enquanto a gente fica aqui, pior do que fogão a lenha pra ganhar brasa. Tem horas que eu acho que o certo mesmo era não misturar: homem com homem, mulher com mulher. Homem e mulher devia ser só pra fazer menino, e olhe lá, que também ninguém aguenta mais tanto menino no mundo...

Ah, pronto, eu me distraí aqui pensando, e o Wesley descobriu meu priquito raspado. Tá feito pinto no lixo, acha que é um convite. Eu não raspei pra tu, não, abestado. É que, num calor desses, aquela ruma de pelo já tava me deixando agoniadinha...

Eita, que o homem hoje tá é disposto. Já arreganhou a bicha e botou a boca. Pior que o bichim é até esforçado, aprendeu onde fica o pinguelo só pra me agradar. Tá bom, vá, só uma lambidinha. Unrrum. Bom, aí tá bom. Não, aí não, volta. Isso, bermaí. Armaria, e essa central que não gela nada? Chega o lençol tá molhado em minhas costas de tanto suor. E isso que ainda é agosto, avalie quando chegar outubro! Aí dento, b r o bró veio foi com tudo. Mermãzinha, vou te falar, hein, se o mundo não acabar esse ano, não acaba mais não!

— Tu num tá gostando, não?

Eita, porra, agora Wesley tá me encarando com a cara desse tamanho. Esqueci do pobre. Mas também, quem manda inventar de fazer amor num calor do cão desse?

— Culpa de José Antônio, que não levou a gente pra Parnaíba!

— Que história é essa, Maria Helena?! — Wesley levanta num pulo, murcho. — Quem é José Antônio?

— Agora pronto! — me viro, pegando o controle na esperança de baixar a temperatura.

— Agora pronto digo eu! Tu tá é frescando com minha cara, é? Avia, quem é José Antônio? É o Zezim de Chica?

De nada adianta dizer que esse é o nome do responsável por mudar a capital de Oeiras para Teresina em 1852. O Wesley encasquetou que o Conselheiro Saraiva é meu amante e quer explicação. O cabra é ciumento feito a peste, jumento feito o cão. Dai-me paciência, Senhor. E um pouco de chuva, também, porque desse jeito não tem quem guente. Deus me livre, nam. Isso é o que dá não prestar atenção nas aulas de História do Piauí.

ENCONTRO COM O REVISOR

— Mas eu gosto de xoxota.

— Pelo amor de Deus, Diana! Como você espera ser levada a sério assim?

— Você queria que eu botasse o quê? Vagina?

— Vulva. O nome correto é vulva.

— Ah, não, assim você força! É um livro erótico ou tratado de ginecologia?

— Erótico não precisa ser pornográfico. Tem mais xavasca, priquito e xibiu do que vírgula!

— Agora pronto, não pode mais falar de xana?

— A questão não é o que você fala, é como fala.

— Não vai ter vulva nem sobre o meu cadáver.

— Mas pênis você coloca!

— Só uma vez! Na boca de um playboy, e só porque ele era metido a besta. Caramba, nem parece que você leu o livro!

— Óbvio que li! Diana, entenda, eu só quero que você revise os termos chulos. Esse tipo de literatura faz sucesso entre as mulheres, mas os palavrões espantam, você sabe como é, é um público sensível. Veja como ficaria mais bonito falar: "ele adentrou vigorosamente em sua fenda" ao invés de "ele meteu na boceta sem dó".

— Fenda? Credo! Não quer botar uma gruta no meio e finalizar a brochada?

— Fenda, gruta, ventre, rosa, tesouro... Sei lá, Diana, inventa! Só não me mete um priquito que desse jeito você me fode, quem vai comprar essas obscenidades?

— Ah pois! O povo compra um livro de putaria e espera o quê? A pomba do divino?

— Falando nisso, eu cortei aquele texto em que você fala de Adão.

— Fala sério, é um dos meus preferidos! Por quê?

— Não tem condições, né, Diana? Escrever sobre Eva tudo bem, tem toda a parada do pecado original e culpabilização do desejo feminino, é bacana. Mas mostrar Adão como o tio tarado do paraíso não dá!

Diana respira fundo. Melhor contar até dez do que acertar um livro na cabeça de Kelson.

— Entenda, querida, nossas leitoras são muito delicadas. Putaria pra mulher tem limites. Promete que vai pensar no que eu disse?

Balança a cabeça, afirmando. Sai do prédio de vidros espelhados pisando duro. Na calçada, abre a agenda ainda em pé, rabisca: *Ideia para conto: revisor que odeia xereca. Procurar nova editora.*

VINGANÇA É UM PRATO QUE SE COME COM CHANDON

Ainda bem que é ela quem vai pagar, Renata pensa, entrando no restaurante onde marcou de se encontrar com Marília. Depois que virou sex coach, a amiga está nadando no dinheiro. Porém nem toda grana e frases motivacionais do mundo são suficientes para resolver certos problemas, por isso combinaram esse almoço.

Marília mal a cumprimenta e já despeja a bomba. Sempre foi muito direta.

— O que você acha, amiga? — pergunta, apreensiva.

— Hum, não sei...

Renata admira a quantidade de opções no cardápio. Fica confusa, qual será a certa a pedir?

— Se fosse o seu marido, o que você faria? — Marília insiste.

Se fosse o meu, eu já teria dado as contas há muito tempo, ela pensa, mas não pode falar isso pra Marília, ela é louca pelo Carlos. Além disso, foi ela quem provocou essa situação. Se Carlos está desse jeito hoje, no fundo, no fundo, a culpa é dela.

— Por que você tá fazendo tanto caso disso? Não era você quem achava o máximo dar o cu?

— Ainda acho. Tenho orgasmos incríveis. Muito mais intensos que os vaginais.

Ela passa alguns minutos explicando a intensidade do orgasmo anal. Renata disfarça uma revirada de olhos. Decide pelo camarão provençal e uma taça de Chandon Passion para acompanhar. Nunca tomou Chandon.

— Eu não tô entendendo, Marília. Se ele gosta e se você goza melhor pelo cu, qual é o problema?

— O problema é que ele não come mais minha boceta! — Ela responde, exasperada, enquanto o garçom se aproxima para recolher os pedidos. — Faz quatro meses desde a última vez, eu contei. Seja sincera, amiga: você acha normal um homem só querer comer o cu?

Não sei, mas o garçom com certeza acha que a gente não é normal. Renata vira o rosto, cobrindo-o com a mão. Marília se dá conta da presença dele e pede escondidinho de salmão.

— Eu acho muito estranho — a amiga responde a si mesma. — Então propus a ele uma troca: só pode comer atrás depois de me fazer gozar pela frente. Mas ele disse que estou exagerando!

Bem empregado. Quem mandou a amiga popularizar o cu? Como sex coach, ela incentiva casais a aderirem ao sexo anal. Marília se acha a rainha da liberdade sexual, quebradora de tabus. Virou uma militante do toba. Meses antes, Renata comentou que só fazia por trás em datas especiais, a depender do presente que o marido comprasse. Desde então, nunca mais um aniversário de casamento passou em branco. *E foi assim que eu ganhei meu Uno*, ela brincou. Pra quê! Marília soltou os cachorros em cima dela. Acusou-a de botar o cu a prêmio, chegou a compará-la a uma prostituta, vê se pode! Como se não bastasse, ainda encheu os ouvidos de Estevão com essa baboseira, até convenceu o trouxa a comprar o seu curso online. Resultado: ele passou a querer cu todo dia. Quando Renata recusava, tinha que ouvir verdadeiras pregações de coach. O casamento quase acabou! Ela foi obrigada a ameaçá-lo com um fio terra para salvar o relacionamento.

Agora, a amiga está pagando pelo monstro que criou. *Ora, Marília, mas dar o cu em troca de um tapa na boceta não é uma forma de prostituição? Cu não é presente!*, tem vontade de falar. Em vez disso, pensa melhor:

— Amiga, sabe o que eu acho, de verdade?

— O quê? — ela projeta o corpo para a frente, esperançosa.

— Que você está sendo retrógrada. Isso de dar a boceta pra depois dar o cu é uma crença limitante.

— Você acha mesmo?

Renata tenta se lembrar das frases prontas que Estevão lhe falava:

— Acho. Você precisa mudar seu mindset. Por que essa fixação com sexo vaginal? Isso é repressão! Você precisa se libertar, querida, free yourself! Pense outside the box! Esqueça a boceta! Dê seu cu. Abrace o processo. Aproveite sua chuca, faça dela um momento de autoconhecimento. Lembre-se que o KY é seu melhor amigo. Não se prenda aos tabus da sociedade!

Quando termina, os olhos de Marília estão brilhando:

— Amiga, você tem toda a razão! Nossa, eu preciso mesmo fazer um rebranding. Esse meu mindset está muito ultrapassado!

Não acredito! A filha da puta comprou mesmo essas asneiras.

— Ai, ainda bem que eu pude conversar com você! Nem sei como te agradecer.

— Você pode pedir mais uma bebida.

— Honey, traga mais uma taça de Chandon, sim? Melhor: traga logo a garrafa!

O espumante borbulha na taça. Renata saboreia cada bolhinha com incontido prazer, enquanto Marília segue falando sobre cu e gratidão. Olha de esguelha para o garçom, que mal consegue disfarçar o riso.

MINHA NOVA ROTINA É AMAR

Pego o cesto de roupas sujas para colocar na máquina de lavar. *Até suas roupas são as mesmas*, Danilo disse ao ir embora. Depois de quinze anos juntos, ele me deixou porque o nosso relacionamento caiu na rotina. Não é porque ele estava saindo com a colega de escritório. Eu é que tinha me tornado sem graça. Ele estava prestes a completar quarenta anos, queria viver novas experiências. *A vida é muito curta para ficar na mesmice*, falou ao bater a porta.

Abro o cesto e tiro as peças, separando por cor. Um bate-estaca ressoa longe. Nunca vou às festas aos sábados. É dia de faxina. Quando termino, estou morta, não tenho mais disposição para nada. Assim que eu e Danilo passamos a morar juntos, eu ainda tirava a sobrancelha, hidratava o cabelo, me cuidava. Parei depois que ele parou de dividir o serviço comigo. Ao final do dia, ele, descansado e fogoso, queria namorar. Eu só queria dormir. Às vezes até cochilava no meio do negócio. Melhor do que não fazer e ele ir procurar na rua, me aconselharam. Bom, ele procurou na rua do mesmo jeito e ainda jogou na minha cara os cochilos.

Jogo as roupas no chão, coloridas para um lado, brancas para o outro. Essas lembranças não me deixam em paz. Num breve erguer de olhos, deixo as peças caírem, misturando tudo de novo. Há uma mulher na minha cama. Ela está esparramada entre os lençóis, muito à vontade, e, desavergonhada, cobre-se apenas com as almofadas.

— Quem é você? — pergunto. — Como entrou aqui?

— Eu sempre estive aqui.

Ela estende a mão.

— Meu nome é Teresa — diz, a voz se desmanchando.

Levo as mãos à boca. Não, não é possível. Será...?

— Faz muito tempo que não nos encontramos, não é?

Ela me chama com o indicador. Eu atendo, entre enfeitiçada e incrédula. O que mais posso fazer? Subo um joelho na cama, depois outro. Toda ela queima. Ergue-se, mostrando-se por inteira, as almofadas caindo ao seu redor. Põe as mãos em meus ombros e me vira para o espelho em frente à cama. Solta meus cabelos, a raiz branca formando moldura selvagem, como a dela. São três e quarenta e cinco da tarde, e o suor escorre entre meus seios. Devagar, ela tira meu pijama puído e a calcinha sem elástico. Mantém meu rosto preso em uma das mãos, me mostrando nós duas refletidas.

O espelho foi ideia de Danilo. Queria um bem grande, de um lado a outro da parede, para que a gente pudesse se ver fazendo amor. Só não contava com os anos, e os quilos extras, e as peles caídas, e a ausência de tesão. No reflexo, éramos dois animais cruzando, tristes, o macho com os dentes no pescoço da fêmea, ela imobilizada. Eu parei de olhar para o espelho. Quase sempre me visto ainda no banheiro e, quando preciso, recorro ao espelhinho do pó compacto, já endurecido pelo não uso.

Agora ela me obriga a encará-lo. Mas não tenho asco. Nossas mãos entrelaçadas percorrem minha pele fria de suor, em contraste com a dela, fervilhante pelos anos acumulados. Eu me deixo levar. Ela percorre cada palmo de mim. Não morde meu pescoço. Suspiro.

No calor vespertino, o quarto fica cada vez mais úmido. Deitamo-nos sobre os lençóis, eu nela, ela em mim, nossos hálitos se confundindo em gemidos. Observo nós duas, uma só, refletidas no espelho. Somos pele, pelos e calor. Fricção, deslumbramento e entrega. Ela leva minha mão à boca, e eu deslizo para dentro de nós, tão certa, tão deliciosa, tão... Os olhos se fecham, e o reflexo desaparece em meio aos suspiros chovendo entre nossas pernas.

* * *

Foi assim que me apaixonei. Ela me pegou desprevenida para nunca mais soltar. E nem eu quero. Dessa vez, será para sempre. Até que a morte coma nossos ossos, pois nem mesmo ela poderá nos separar.

Comprei roupas novas. Voltei a fazer as sobrancelhas, a hidratar o cabelo. Quando chego em casa, ela já está me esperando na cama. Deitamos. Uma dentro da outra, o espelho testemunha. Aprendi a encará-la, a tocar seus lábios, a moldá-la até senti-la inchar em minhas mãos, e, juntas, transbordamos. Sim, pois, ao contrário do que Danilo pensava, eu transbordo.

O amor me faz bem. No trabalho, até os clientes comentam:

— Você anda tão leve, Teresa! A separação te fez bem.

— A separação me fez ótima — respondo.

Agora tenho para quem vestir roupas diferentes — e despi-las. Sem cochilos. Encarando o espelho. A minha nova rotina inclui girar a maçaneta do quarto, eufórica, e abrir um sorriso de orelha a orelha com o que vejo. Que delícia me encontrar na cama outra vez.

ANO DE MUDANÇAS

Quando o filho mais velho sugeriu uma ceia de Natal no grupo da família, dona Norma desejou que ele fosse criança outra vez, só para surrá-lo com folhas de cansanção. *DE JEITO NENHUM!*, digitou imediatamente. *Mamãe está certa*, a filha acompanhou, *ainda não podemos nos aglomerar. A pandemia não acabou.* Dona Norma emendou em seguida: *Isso mesmo, nada de aglomeração!*

O filho pediu desculpas, envergonhado por quase ter colocado toda a família em risco. Alguém relembrou como a quarentena trouxe novos hábitos e desafios. Dezembro tem dessas nostalgias. Dona Norma girou a taça nas mãos. 2020 foi, sem dúvida, um ano de mudanças.

A começar pelo presente recebido logo no início de abril. O filho caçula foi até sua casa, mascarado dos pés à cabeça, e deixou no parapeito da janela a caixinha de Pandora. Nada de panelas ou kits de hidratante como os que ganhou em incontáveis dias das mães, não: era um celular moderníssimo, igual ao dos netos. Do outro lado do vidro, para evitar contato, o filho lhe ensinou como fazer videochamadas.

— Assim a senhora vai se sentir menos sozinha — disse.

Essa passou a ser uma preocupação constante dos filhos, pelo menos até meados de junho. Quando o governo mandou fechar tudo, o marido estava a mais de duzentos quilômetros de distância, visitando a fazenda da família no interior do estado, e por lá ficou, impossibilitado de voltar pelas barreiras sanitárias. Nem o cachorro lhe fazia companhia, pois morrera no mês anterior. O isolamento social a pegou sozinha e desprevenida. Por isso, os filhos ligavam para ela todos os dias, às vezes em mais de um turno. Falavam por mensagens, mandavam fotos dos netos, dos gatos, dos cachorros, até das plantas, sempre acompanhados de avisos para ficar em casa.

— Mesmo longe, estamos próximos — diziam.

Com o tempo, conforme ela suspeitava que fosse acontecer, as chamadas foram rareando, até resumirem-se a meras mensagens de bom dia.

— Até que enfim — dona Norma falou para as paredes, abrindo uma lata de leite condensado.

Quarentenada, sem receber visitas, tendo aprendido a pedir comida por aplicativo, dona Norma sentia-se abençoada pela divina providência. Finalmente podia cagar de porta aberta e comer doce antes do almoço, afinal, não tinha mais que dar exemplo a ninguém. Andava pelada pela casa, exibindo o corpo sem vergonha, o ventinho nas partes provocando espasmos de júbilo. Passava os dias estirada no sofá, assistindo às reprises de todas as novelas das seis que nunca pôde acompanhar porque coincidiam com Dragon Ball ou sei lá que outro desenho animado, sem preocupações de fazer janta ou apanhar roupas e brinquedos atirados pelo chão da sala.

Suas maiores chateações no dia resumiam-se a bater o mindinho na quina dos móveis, ou tatear cega à procura dos óculos esquecidos em cima da cabeça, quando podia, com orgulho, inflar os pulmões e encher a boca num glorioso *Porra, caralho!*. Ao descobrir um delivery de vinho, por pouco não chorou: não precisava mais morrer para conhecer o paraíso.

Um dia, recebeu uma ligação de Sueli. A vizinha contou do marido, dos filhos e das plantas, seu novo vício descoberto na quarentena. Ofereceu-se para deixar umas mudinhas de espada-de-são-jorge.

— E quebrar o isolamento, Sueli? Tá doida?

Sueli ficou ofendida.

— Foda-se — dona Norma falou ao desligar o telefone, outro palavrão que tinha saudades de usar.

Ela lá queria saber de planta para lhe dar trabalho! Já não bastava ter criado os filhos e os filhos dos filhos? Além do mais, nesses novos tempos, só uma espada lhe interessava, e ela estava sempre à mão, a alguns cliques de distância.

No tempo infinito de suas tardes, abanando calores vinícolas, dona Norma abria o aplicativo de videochamada e discava o número do marido. Esses celulares têm umas câmeras maravilhosas, capazes de deixar tudo mais bonito que na vida real. A espada de seu interesse, antes tão murcha e xoxa, agora resplandecia vigores de juventude na tela de 6.4 polegadas. No início, o velho, bronco, não sabia usar a tecnologia. Mas foi só ver a preciosa da esposa para aprender rapidinho.

Criaram um ritmo próprio. Mandavam-se fotos o dia inteiro, nos lugares mais improváveis — ela, ousada, fotografou-se arreganhada na máquina de lavar; outra vez, sensualizou cobrindo-se apenas com um pratinho de sobremesa. À noite — ou à tarde, ou de manhã, aposentados e sozinhos, eles não tinham mais nada para fazer — ligavam as câmeras e falavam todas as obscenidades esquecidas desde os tempos da lua-de-mel.

O marido admirava-se: quando juntos, ela estava sempre com dor de cabeça ou com sono ou com raiva dele por algum motivo que ele não fazia ideia. Separados, a mulher era outra vez adolescente. Não reclamava. Estava por fim livre das incômodas preliminares, de assoprar forno a lenha e percorrer o itinerário de Hércules para ganhar medalha de bronze. Ela, por sua vez, nem ao perder a virgindade tinha experimentado tamanho estado de graça. Longe do marido, estava a salvo de suas carícias impacientes, das unhas mal aparadas e dos roncos descomunais pós-coito. Pela tela full HD, podia explorar-se por mares nunca dantes navegados e até descobriu, encantada, que não precisava entrar em lugar nenhum para irromper em explosões de Pompeia. Em quarenta anos de casados, nunca foram tão felizes.

E o filho com ideia de ceia. Imagine, a casa toda cheia de gente, os netos arrancando os bibelôs do armário, os filhos descobrindo os potes de doce e de vinho, a montanha de pratos em cima da pia, o marido querendo colocar em prática os amores virtuais, Jesus! É o primeiro Natal que vamos passar separados, o primogênito se lastimou. *Mas em 2021, se Deus quiser, estaremos todos juntos na casa de mamãe!*, disse o caçula. Dona Norma emborcou a taça, o Merlot borbulhando na garganta. Tomara que Ele não queira.

[AGRADECIMENTOS]

O prazer da mulher é um alvo: de desejo, curiosidade, humilhação, violência e, sobretudo, controle. Enquanto tabu, transita entre o profano e o sagrado, envolto em mistérios e restrições. Este livro é uma transgressão. A sexualidade conduziu estes contos, ora como protagonista, ora como plano de fundo para questões adjacentes. Não espero que você, leitor, tenha aprovado minhas mulheres, porém desejo ter deixado um gosto ácido na língua, um calor nos poros, quem sabe até uma leve embriaguez.

A maioria dos textos que você leu surgiu a partir de provocações do Coletivo Escreviventes, então é para essas mulheres que dedico minha gratidão. Agradeço, também, a todos os afetos que partilharam comigo essa jornada, aos que leram, aos que apoiaram de longe e, sobretudo, aos que inspiraram estas histórias — não se preocupem, queridos, suas identidades estão bem guardadas.

LÍCIA MAYRA

escreve para se livrar do tédio. Nasceu em 1995 com o Sol em Aquário e a Lua em Áries. Seu lugar de conforto é a prosa. Na corda bamba entre o drama e o humor, é viciada em boas histórias. É autora de *Rogai por nós* (2020) e tem textos publicados em diversas revistas e antologias. Integrante do Coletivo Escreviventes, coordena o clube de leitura Lendo como uma Escritora. Vive no mundo da Lua, mas pode ser encontrada se abanando de calor em Picos, Piauí.

este livro foi editado

na primavera

de 2023